カフカを読みながら

丸田麻保子

思潮社

カフカを読みながら

丸田麻保子

思潮社

目次

装画＝鈴木いづみ　装幀＝山元伸子

カフカを読みながら　丸田麻保子

黒つぐみ

授業で読んだ小説
「黒つぐみ」
よくわからないのです
むずかしいのです
ふたりは幼なじみ
長じて、
ひとりは戦争に行った

もうひとりは
どうしたのだっけ
訳すことができなくて
下を向いたままの同級生
チャイムに救われた彼の
真っ白なジャケット
大きな肩パッド
ある夜。
黒つぐみはナイチンゲールの声で鳴く
別の夜。
人間のことばを話す
〈わたしをおぼえていないの?〉
ふたりはほんとうに
ふたりだったの?

わたしは黒つぐみを
見たことがない

カフカを読みながら

カフカの短篇集を読みながら
眠ってしまった
夜中に目を覚まし
また読んで
朝方すこし寝て
仕事に行った

夜通し書きつづけ
仮眠をとってから
出勤することを常としていた
カフカのことを思いながら

夜がきて
またカフカを読みながら寝てしまう
夜中に目を覚まし
わたしも書いてみるが
すぐに躓いた
次の夜も、その次の夜もダメだった

書けないとき、わたしはよく夢を見る。今週はカフカを
読みながら眠っては、いくつも夢を見た。今朝の夢では、

わたしは大叔母の家に住んでいた。三階から、話しながら降りてくる足音と外国語が聞こえて、わたしたちは顔を見合わせた。目覚めたとき最初に思ったのは、大叔母の家が二階建てであるということだ。家そのものがもうないのだと気がつくまで、ずいぶん時間がかかった。

カフカの服

カフカのお洋服をあたしは縫ってる
身幅は細くほそくお袖は長くながく

黒くてツヤツヤすべすべした布です
ズボンには蜘蛛の脚イメージします

だってカフカは食べるのが苦手なの

母親を心配させ泣かせる少食ぶりよ

ろくに食べずに書き物ばっかしてる
ろくに眠らず夜通し書き続けました

食べないことを芸に高めた男の物語
林檎に殺されるセールスマンの物語

結婚はしたいけどしたくもないから
山のような恋文と婚約破棄また婚約

強すぎる父から逃げ続け逃げ切れず
末の妹オトラが一番の理解者なのね

色とりどりの待ち針ぜんぶ外したら
カフカのお洋服を窓辺に飾りましょ
ほら秋風に吹かれてもっとカフカね
重い生地にアイロンが残したテカリ

見知らぬ友

学生時代の友人から
借りたままになっている本があります
今はもうない国で
書かれた小説
手にとって
読み進めようとしては
すぐに投げだす

その国はもうないのです
西側の国で出版されるとき
先行作品と重なるという理由で
まったく違う書名に変えられた
もとは
『見知らぬ友』でした
友は男性です
文法的にそう明示されていた

友は男性ですが
印象に残っている登場人物は女性です
印象に残っているというのは言い過ぎかもしれない
ほとんど読んでいないのですから

なんど手にとっても
すぐに挫折する
眼鏡をかけた
ひややかな女医がでてきて
葬式に着ていく服の話なんかをしていたろうか
眼鏡はかけていなかったかもしれない
そのあたりまで読むと
ついていけなくなって
閉じてしまう
彼はどこへ行ったのでしょう
その国は消滅したのです
小説は残っています
名前を
変えて

駅

わたしが見たわけではないのです
駅が、おそろしい場所だった時代があって
近隣の住民たちが
見るまい
聞くまい
としていても
汽車は到着し

異臭のなか
叫び声、怒号、銃声がひびき
やがて
静まりかえって
深い森の奥へと消えてゆく
深い森の奥や川底に
なにがあるのか
わたしが見たわけではないのです

若いころ
西ベルリンの博物館で見たフィルムでは
枯れ枝のような人たちが
折り重なって
泥だらけの

靴や眼鏡や毛髪と同じように
沈黙の山を成していた

駅に
窓のない汽車が到着する
異臭を発する大勢の人たちが
命令される
殴りつけられながら降ろされる
二本の長い列が延びてゆく
男の列、女の列

暗いところで
全員がひとつの方向を向いて座っている
光のさきに

駅があらわれる
窓もない汽車が
黒い煙を吐きながら到着する
わたしは尻の下の
座面をつかんだ

風のつよい日に

風は見えないから
ひとは風を見たくなるのでしょうか
それで映画のなかではときどき
ショールやスカーフが
吹き上げられ
飛ばされていくのでしょうか

『やさしい女』
『リリーのすべて』
『エデンより彼方に』

『黒衣の花嫁』では
殺しを目撃したばかりの白いスカーフが
マンドリンの調べに乗って
あんなに気持ちよさそうに
南フランスの青空を渡って

小学校にあがる前のことです
母と横浜港の山下公園にいました
つめたい風のつよい夕方
母のカラフルなスカーフを靡かせて

噴水のまわりを
走っていたあたしに
話しかけてきた男のひとがいました

やがて母は
そのひとと再婚したのでした

あんなに風がつよかったのに
飛んでいってしまわなかった
幼年時代の
いちまいのスカーフ

『欲望の翼』

ときどき見たくなるのは
屋根の上を走って逃げていくシーンが好きだから
エンドロールで流れる広東語の主題歌が好きだから
「是這様的」
読めなくても意味もわからなくても
アニタ・ムイの声に聞き惚れるから

それは一九六〇年
四月十六日三時一分前の
サッカー場の売店での恋
男たちと女たちの
香港のいくつもの雨の夜
ねばりつくような湿気、汗

レスリー・チャン演じる青年の
派手好き男好きな母親は
継母で
生みの母から支払われる養育費が目当てだったのだという
設定の嘘臭さが好きだけど
いやな母親が実母じゃないのは物語や映画の中だけ

「是這様的」
レスリーもお気に入りで
『ブエノスアイレス』の撮影のときも
口ずさんでいたのだという
アニタとレスリーは大の仲良し
同じ年の
春と冬に亡くなったふたり

いつまでも見ていたくなるのは
訪れたフィリピンで生母には会うことすら拒まれて
パスポートの密売人を刺して
ひろびろとした駅舎の屋根の上を走って逃げて
飛び乗った列車の
夜あけの窓の向こうの

鬱蒼としたジャングルが好きだから
脚のない鳥の
飛びつづけた鳥のエピソードを翻す
レスリーの声に聞き惚れるから

COLD WAR　あの歌、２つの心

離れられない
ふたりの
物語
よくある話

あっちが追いかけたり
こっちが追いかけたり
そんなズーラとヴィクトルを

両親に持ち苦労した彼は
離れられないふたりの映画を撮った

ポーランドの民族歌謡舞踊団の
歌い手と
音楽家に
職業を置き換えて

「黒い瞳を濡らすのは／一緒にいられないから」
別離と邂逅をくりかえす

突然オフィーリアのごとく
川に飛びこんだズーラの
水面の、きらめきよりも美しい、

歌声が
響きわたる

離れられない
という表現はどの程度正確なのか
離れては追いかける
離れきれないとでも言うべきか
離れきれないから映画はつづく

鉄のカーテンを越えて
パリに亡命したヴィクトルを訪ねるズーラ
捨てたはずの祖国に
投獄覚悟で戻るヴィクトル

離ればなれの、
ふたつの心を
あの歌がむすんでいるから

離れられない
まるで浮雲のよう
死に水をとったら
離れられなかったと言えるのか
離れられなかったかどうかは
最後に、
わからなくてもいいのね。だから
歌い継がれる
恋の歌

＊

パヴェウ・パヴリコフスキ監督は一九五七年、ワルシャワに生まれた。
父は医師、母はバレリーナのち英文学者だった。

国境を
彼らは越えた
父は法に背いて
母は再婚により
合法的に
母につれられて
監督がイギリスに渡ったのは
十四歳のときだった

数年ののち両親は再会。たがいの配偶者を捨てて、ドイツへ移住。その後も二人は恋をした。別の人たちと。

最後の数年間の二人は、一人息子の目から見て、世界でいちばん幸せなカップルだったらしい。ともに健康状態が悪化したことが引き金となったのか、心中したのだという。五十七歳と六十七歳で。

ズーラの、風のささやきのようなセリフで映画は幕を下ろす。

　向こう側へ
　景色がきれいよ

渡る

原さんは
島に行ったことがあったでしょうか

電車の切符も
ひとりでは買えないような人だったと言うけど

あの時代、近くの島に、

学校行事で、家族で、
行ったことはあったでしょうか

妻の貞恵さんとの
新婚旅行は
東京へもどる途中の奈良訪問

旅は苦手だったのかもしれない
千葉から東京へ出るだけでも
緊張のあまり
体調を崩したというから

一九五〇年六月五日の糠雨のゆうぐれ時
マルセイエーズ号で遠ざかる

遠藤周作さんを
横浜港で見送りながら

原民喜さん、あなたは、
去っていくのは自分の方なのだとわかっていた

いつもの鳥打帽をかむって
大きな目をみひらいて
つぎの春には
彼岸へ渡る船から
見送っていたのですね

Untitled

下げた頭を
もどしながら
すこし上目遣いになって
永山さんですか
と尋ねていました
わたしはあなたが
最初に書いた小説が

好きではありませんでした
そのときあなたの顔は
ちかいのにぼんやりしていて
なぜあなただと思ったのか
わたしにもわからないのです

あなたが上京するまで暮らしていた
青森県の
板柳町《いたやなぎまち》という地名は
おぼえていました
最初の小説には
手描きの町の地図までありました
数年前
ふしぎな偶然とでもいうのか

板柳町出身の
色白のかわいらしい女性と仕事でご一緒することになり
びっくりしたわたしはあなたの話題を
持ち出したりはしませんでした

小説の
最後には番外編として
題名のない
五十五行の
大半がカタカナで書かれた詩が
載せられていました
〈ワキャ十三歳《ジュウサンセエ》　ナモデギネガッダジャノ〉
雪煙舞う
急斜面の

氷柱で刺しつらぬかれるような
かがやきでした

*

あなたの旅の試みは
いつも
失敗しました

北へ、北へ、網走へ、
無賃乗車。
横浜港からの、
密航。

どこにも行かなくなった日
どこへも行けなくなった日
縦長の窓から
筋もようの光が照らす
筆圧のつよい文字が
余白を殺すノートの文字が
うずたかく積み上げられていく

チケットもいらない
あなたの過去への旅

*

最寄り駅の

線路沿いに
永山則夫被告の精神鑑定を担当した医師の
クリニックがあって
ちかくを通ったときには
なんとなく看板を見上げてしまう
その後は精神鑑定を依頼されても
けっして引き受けることがなかったという医師

十数年前のＮＨＫのドキュメンタリー
手渡された遺品の精神鑑定書は
手製の透めいなビニールのカバーで包まれていました
線を引き、印をつけ、終生手放すことのなかった鑑定書
セロテープであちこち修繕したカバーの上に置かれた
医師の右手

ゆっくりと、言葉を発しながら
言葉を詰まらせながら
くりかえし
水滴が落ちるように
そっと叩いていた四本の
指のおと

西国分寺方面へ出る道を
いっぽん間違えて
住宅街で立ち往生していたわたしに
「お困りですか」
と小柄な若い女性が声をかけてくれた
こぬか雨の五月の午後

月を抱く人

島の字のある文学者の名前を
思い浮かべてみたのでした
小島信夫、島尾敏雄、島尾ミホ、中島敦
三島由紀夫、有島武郎、島崎藤村、津島佑子
他にも何人か

なんだか考えてみたくなったのは
島村抱月のことでした

石見国に生まれ
地元の裁判所に給仕として就職
養子に行き、今の早稲田大学を卒業、やがて講師となり
ロンドンやベルリンに留学し、劇場と恋に落ちた

『影と影』植竹書院、大正二年刊行、さつき書店にて
三九六〇円
小雨が降りだした

評論家、劇作家のイメージがつよかったのですが
小説や詩も書いていたのですね
大正七年、松井須磨子から感染したらしいスペイン風邪に
急性肺炎を併発

『人生と芸術』進文館叢書、大正八年刊行、悠木書店にて
二六四〇円
歩道橋をわたる

教え子の広津和郎が回想しています
ほとんど休講で、はりだされるのは出講掲示だったのだと
教育にも研究にもとうに熱情をうしなっていた抱月が
講義の合間にため息のようにもらした述懐や
口ひげを整えたその風貌が
どうにも忘れがたいのだと

『雫』忠誠堂、大正二年刊行、春美書房にて三八五〇円
コンビニで水を買う

『島村抱月文芸評論集』岩波文庫、昭和六十二年刊行、山川書店にて
八〇〇円を棚にもどす

東京市牛込区の
藝術座の稽古場の一室で冷たくなっていたのは四十七歳の霜月
新月の翌日

習得

あなたはさいしょに
頼んだのでした
どうかKappaと発音してください。
そう頼みましたね
それはわたしにはむずかしい
aの音にも、pの音にも、kの音にすら
自信がない

およそ一〇〇年前、大正十年の春
大阪毎日新聞の命を受けて
あなたは海の向こうへ渡った
長江流域の都市をへて
北京にひとつき滞在
白楊、アカシア、合歓の花々
北京はたいへんあなたのお気に召した
それは「河童」を書く前のあなたです
わたしは自信がないのです

Ka/ppa
さいしょの音がでてこない
まるで水のなかで
音を発しようと藻掻いているかのようですよ
北京では先週でしたか

地震があったようです
地面が揺れるなら
わたしも揺れてみますか？
水にもぐって
わたしは水草のように揺れましょう
揺れつづけた
川面から顔をだした
あっ
ppa の音がじょうずに発音できました

お茶の話

お茶について書こうと
昨年から考えていたのですが
なんにも書けないもので
御茶ノ水の由来とか
茶の字の含まれる名前を調べてみたりでした
大島弓子の『バナナブレッドのプディング』に出てくる
御茶屋という名字が実在することに驚き
森鷗外の饅頭茶漬けや

中学校で習ったボストン茶会事件を思い出したりでした

芥川龍之介はよくお茶を飲む人だったそうです
三十五年間に何杯飲んだでしょう
火鉢に鉄瓶をかけて
日に二度三度と空にしたという
九月一日も
昼食をすませてお茶を飲もうとした瞬間に
激震
二人の息子のことも忘れ玄関に逃げて
妻の文さんに怒られたそうです

一月ももうすぐ終わるというのに
毎日なにをしていたのでしょう

思い出すのは寒かったことばかり
昨日の国立市の最高気温は三度
職場で
あたたかい紅茶をいれてくれた人がいました
飲むのが勿体ないような
きれいな色でした

途上

靴音で
目をさましたのです
振りかえると
だれもいないのです
列車は冬の闇のなかを走っている
真っ黒なガラス窓に
映っているのはあたしひとり

星もみえない
鳥もみえない
列車は海の底を走っているのですから
水面からはるかとおく走っているのですから
心臓の音がおおきくなる
あちこちから軽い靴音がひびき
幼い少女の声がきこえる

こどもだから
わかってないとおもってるんでしょ

手をのばして
コートを引き寄せました

生ビールと枝豆

カメの甲羅はただかたく
海は
こんなにも暗い

忽然と
お城のあかり
なにも聞かずに

出迎えてくれたうつくしい人
乙姫なのかもしれない

松の間に案内される
銭湯のように声がひびく
襖に描かれているのは
ヒラメだろうか
生ビールと枝豆がはこばれてきた

乙姫の
あわい笑顔に
目的を忘れてしまいそうになる

はためく裳裾

なめらかな、ビールの泡

なにかがわかりそうになると
また枝豆がはこばれてきて
思考が中断される

女どうし
確かめたいこともあったような気がするが

サヤが崩れないように
たかくたかくつみあげていく

土曜日に

四月の土曜日に
訪ねて行った
吉祥寺の駅ビルの
「Aoyama Flower Market」で尋ねられた
「菊の一種なんですけど、だいじょうぶですか?」
別の花束を選びなおした
花の名前は憶えていない

西武バスに
小一時間ゆられた
路地の奥に
あなたの家はあった
いまもあるのか
わたしはしらない
家があってもなくっても
あなたは書くでしょう
夜あけ前に起きだして
今日も詩を書くでしょう

八月の最後の
青空の土曜日だった
白く磨きあげられた教会で

お別れしたけど
あなたの詩を読むだけじゃなくって
こうして語りかけてみたかった
十一年が過ぎました

当山さん
今頃になって言いますが
あなたとの約束を
わたしはまもることができなかったのですよ

八月の最後の
木曜日の雨の夜
三鷹の「たべもの村」で知らせを受け取りました
運ばれてきた定食をわたしは残しませんでした

静かな人たち

フランス人形みたいな髪型
髪型に負けていないお化粧
人形にはない深いシワ
いつか
タリーズコーヒーで
痩せたからだを
二階の大きなソファーにうずめていましたね

店長さんが来て
細枝のような脚の傍らにかがみこんで
話しかけていた

別の日
冬の早朝の公園
すこし離れた池の前のベンチには
ショッキングピンクの大型バッグ
バッグはとつぜん起きあがった
小柄なその人だった
物にしか持ちえないはずの
その、静かさは
どこから来るのですか

別の人

二十年ぐらい前から
ときに場所を移動しながら
大学通り沿いのベンチにすわっている
タバコをすっている
はじめは女性だとおもった
今日はじめて会ったとしたら
女性とわかるだろうか
だれかが言ってた
鳩の湯にときどき来てるんだって
傍らにはかならず
山登りよりもはるかに大きな
リュックサック
いつか

閉店したサンリオショップの前の階段で
横になって
雨宿りしてましたね
長いこと空いたままだったあのビルも
ことし建て替えられた

低層のまち

絵のなかに
はいっていきたくなることがあります
きょうは
近藤ようこの描いた
主婦かフリーターか出戻りになって
散歩しよう

鉄の外階段がある古いアパート
月夜荘のまえで
競馬新聞を脇にはさんだミハさんとすれちがった

いなくなったトラ猫を呼びながら
路地をぬけていくと
おかっぱ頭の少女がふたり
黒飴みたいな四つの瞳は
ロウセキで地面に線路をかいて
字もかいてる
〈ひよこのパンやさん〉

小学校のとなりの

公園のベンチで
ひなたぼっこしてる
ふたごのおばあさんを
四万十姉妹と名づけてみたり

ずっと時間が経ってから
好きなことに気づく
ひとを好きになるまちを好きになる
さくらの雨が降る
このまちに降る

もってこいの日

さいしょの緊急事態宣言の
頃からだろうか

ミハさんは
髪を
切るのも染めるのもパーマするのもやめたらしく
後ろでひとつに束ねて

風になびかせている

うす暗い早朝
ミハさんとすれちがったことがある
わたしの頭をある本の表紙の写真がよぎった
『今日は死ぬのにもってこいの日』
アメリカ・インディアンのプエブロ族だという
表紙の人物は
男性にも女性にも見える

今日、わたしが悪いのだと暗に言われた
なにもかも放り出したくなった
とりあえず散歩。

北ひだまり幼稚園のわきの高架下をぬけ
直進。
富士見通りの果物屋さんで
伊予柑を買っていたら
道路の向こう側の
ドトールコーヒーからミハさんが出てきた
新聞を手に
西へ向かっているようだ
はるかな地平線を
目指しているのかもしれない

ゴチョウさんに会う

ゴチョウさんにはじめて会った日のことはよく憶えている。肌寒い夕方。バス停でとつぜん、「あげます」とコンビニでよく見かける蒸しパンを渡された。戸惑いながらも断ることができなくて、トートバッグにしまった。ようやくバスが来るとゴチョウさんはすっと列をぬけ、向こうへ行ってしまった。

二度目に会ったのは、団地のなかの並木道だった。軽く会釈したら、忘れられていたらしく、へんな味の飴でも嚙んだような顔をされた。「クリーク！　クリークですよ」小川のことかもしれない。いや、戦争のことかもしれない。「文法です。文法が重要なのです」ちいさな、けれどもよく通る声でつぶやいていた。

蟬時雨のなかのゴチョウさんは、桜の老木をあおぐベンチから、大通りをゆく車をながめていた。閉じたスケッチブックを脇に置いて。お気に入りのレコードを聴いている人のような、穏やかな表情で。

ゴチョウですと名乗られたことがあるわけではない。ある日、高い板塀の向こうから出てきたところに出くわしただけだ。墨で書かれた木の表札が、霧雨のなか、二つならんでいた。

踊り場

国分寺駅で
同じプラットホームの向かいに停車していた
快速に乗り換えました
ぼんやりしていたのでしょう
ひとつ手前の西国分寺駅で降りてしまいました

弱冷房の四号車を
発車まぎわに降りたら
目のまえのベンチに
ゴチョウさんが座っていたのです

表紙をはずした肌色の文庫本を手にしている
自然光のもとでの読書は
あまり目によくないというし
文庫本のちいさな文字は読みやすくないでしょうが
他に手荷物もないらしいゴチョウさんは
日が沈みかけたベンチでくつろいで見えます

どこからかえってきたのでしょう
どこへいくのでしょう

ゴチョウさんのいるホームは
今日という日の踊り場のようです

わたしはホームの端まで行ってから
ひきかえして
改札への階段をのぼっていきました

三丁目の跨線橋から
夕空を見ていこう

期日前投票

金曜日の仕事がえり　駅前の市民プラザに投票にいきました　投票所の入口前のロビーの　人と人とのかんかくをあけた列がS字形に流れていました　最後尾にならんで　ななめまえの入口の方をみたら　ゴチョウさんがいたのです

スマートフォンをみおろす人たちのなかで　背に板をあてたかのような　まっすぐすぎる姿勢が目立っていました　上着の微妙な色あ

いは　洗濯機で回転され　陽の光にさらされた歳月をおもわせ　今日の空のようでもありました　左手には　透めいなビニール袋にはいった折りたたみ傘がさげられています

登録とは　無縁の世界に生きているかのようにみえるゴチョウさんが　ここにいることの不思議さにつつまれながら　受付の長机にむかって着席している眼鏡の女性にゴチョウさんはちゃんと投票の書類を渡せるだろうか　書類をわすれてはいまいかと　余計なしんぱいをしていました　列がうごきだし　室内にはいったゴチョウさんは　みえなくなりました

ゴチョウさん　投票が終わったら　どこへ行くのですか　まっすぐ帰るのですか　もし駅前を通られるのでしたら　改札手前の　月替わりのショップの食パンが　おいしいですよ

半世紀前のこと

4月4日
ニューヨーク・ワールドトレードセンタービルがオープン。
8日
ピカソの死。南仏の自宅。急性肺水腫。
21日
沢田研二。危険なふたり。3分20秒。

5月20日
ひとりの沖縄出身の青年が、
国会議事堂正門の門扉に激突。即死。
川崎市在住。長距離トラックの運転手。26歳。
高橋和巳・孤立無援の思想を愛読。
(弟のヘルメットは、いまも兄のもとに)
門扉はすぐに修繕された。

8月8日
飯田橋のホテルグランドパレス。
22階から姿を消したのは金大中氏。
25日
桜田淳子。わたしの青い鳥。3枚目のシングル。

（ソウルでの合同結婚式で、会社役員と結ばれたのは
１９９２年の同月同日）

９月23日
パブロ・ネルーダの死。
ピノチェト将軍らによる軍事クーデターの12日後。
（２０２３年の新検死により毒殺されていたことが判明）
24日
アニメ・バビル２世の最終回。19時。
テレビの前で主題歌を口ずさむ幼い姉妹。

10月８日
フランコ政権下のスペイン。
映画・ミツバチのささやき公開。役名も実名も、アナ。

11月25日
ノストラダムスの大予言・発売。五島勉。
ノストラダムス・ブームの幕開け。

１９７３年のピンボール。（初めて手にした村上作品）
関係ないけど、セヴンティースリーは、
アマチュア無線ではサヨウナラのこと。

行列

知らないひとたちと
並んでいました
知らないはずなのに
どこかで会ったような気がしてしまう
長い、長い列です
なんのための列なのか。わたしには
わからない

列はすこしずつ進んでゆく
遠くがかすかに
あかるんできて
なんだかさびしくなった
このひとたちがいとおしくおもえてならない
こんなさびしさは、
しらなかった
触れることなく、声をかけることなく、
無言で支えあっていました
列は前に進んでゆく

秋

眠りの果てで
あたらしい石を拾ったのでしょう
なぜ、
あたらしいとおもったのか
わかっているわけではなかったけれど

ポケットにいれてもちかえったのでしょう

古い写真のなかの
笑顔のようでした

瞬きしたとたん、消えてしまいそうな
すいこまれてしまいそうな、やさしい、笑顔でした

西風

ひろびろとした
影の野をあるく

つよい傾きは、うすい、みどりの色で
風が吹き渡っていた
風の、やってくる方を向くと

あかるい顔がしずかにぬれている

カフカを読《よ》みながら

著者　丸田麻保子《まるたまほこ》
発行者　小田啓之
発行所　株式会社思潮社
一六二 - 〇八四二　東京都新宿区市谷砂土原町三 - 十五
電話　〇三 - 五八〇五 - 七五〇一（営業）
〇三 - 三二六七 - 八一四一（編集）
印刷・製本　藤原印刷株式会社
発行日　二〇二四年七月三十一日